一起開口讀唐詩（下）

36個唐詩故事，
為小學生閱讀素養加分

齊格飛 著
張永霓 錄音

五南圖書出版公司 印行

作者序　詩是情感的翅膀、思想的光點

剛上小二的女兒，一回到家呼嚕呼嚕背了好幾首唐詩，嚇得我倒退好幾步。

事實上，從女兒上幼兒園後，我就不斷不斷嘗試，希望她可以跟著我唸唐詩，可是，教學多年的我不斷明白一件事：自己的孩子最難教。所以在這之前，她只會殘破不全的幾句詩而已。

意料之外的是，開學時老師發下一首首唐詩給全班，讓他們背誦。女兒說：「很簡單啊！我多唸幾次就會背了，詩很有韻律的感覺。」感謝上天啊！老天爺是不是哪天不小心聽到我內心小小的祈願？送來了這麼一位令人尊敬、喜愛唐詩的導師給我女兒。

當女兒用稚嫩的聲音琅琅上口：「水晶簾動微風起，滿架薔薇一院香。」我的男兒淚差點兒滴下來，那種感覺，就好像是原本埋下幾顆種

子，歷經沒有人理睬、暴風雨襲擊與松鼠的挖掘之後，數年間毫無消息，正當轉身不做任何期待時，驀然回首，種子已經長成一棟高樓大廈！

為什麼我會希望女兒在小時候讀唐詩？理由很簡單，因為唐詩是最美麗的文字，從小讀詩可以領略文字、語言的美好，進而喜歡上語言學習。而且，比起其他的古文，唐詩沒有那些道德、傳統觀念的規範甚至教條，更多的是生命的體驗與傾訴。我認為，這對孩子來說才是最好的語言禮物。

歷來有許多研究，說明從小讀唐詩的好處，我大致歸納為三大優點：

1. 訓練唸讀記憶力：唐詩的設計是——在簡短的篇幅中完成敘事，表達情意，並且著重聲音的表現。藉由唸讀有節奏感的短句，可以輕鬆進入而不知不覺背誦，是絕佳的記憶力開發工具。

2. 培養文字美感力：詩是情感的翅膀、是語言的光點。在字與字的組合中，往往展現文字、語言最美的一面。從小接觸精緻活潑的唐詩，是對心靈的細緻灌溉，是對美的潛層引航。

3. 啟動音律朗誦力：詩要朗讀，唐詩的文字安排有自然的韻律感，意思通常也很單純，適合孩子幼年成長發展中的口語構造。讀著讀著，唸著唸著，口語表達能力也跟著累積出來，這只有唐詩辦得到。

有時候，女兒還會問我：「這首詩在說什麼？」我不僅翻譯，還會簡單說一下詩人寫這首詩的感受、背景，還有相關的故事，女兒常常聽得津津有味。有時候，女兒也會用詩句來表達感受，例如：「爸比，我們心有靈犀一點通耶！」往往讓我喜出望外。

從女兒身上，我進一步了解小朋友讀詩不需要有壓力，只要創造機會，讓他們唸出聲音，感受文字音律的美，把詩的美麗存在心中，就夠了。

於是我想，何不把這些詩和故事整理整理，給更多孩子、老師、家長可以參考運用。所以我為詩配上注音，做白話翻譯，找一些有趣的小故事，將相關的詩放在同一個單元，增加詩的延展性以及閱讀的張力。

書中共有六十五首詩，搭配音檔，方便聽讀；分上下冊，方便攜帶。

詩的小故事來源包括：

1. 詩的典故：李白、杜甫、陳子昂、白居易的經歷。
2. 古典名著：《西遊記》、《三國演義》、《鏡花緣》、《世說新語》。
3. 世界名著：《小王子》、《莎士比亞全集》、《安徒生童話》、《格林童話》。
4. 傳說故事：春聯、元宵節、七夕、嫦娥等等。

另外還有詩人小傳，也有各種「小知識」，包括成語、植物、季節、天文、希臘神話等等，再配上趣味插圖，種種設計讓小讀者讀詩的同時，增進閱讀能力，厚植閱讀素養。

希望這本書可以打開唐詩的門，引發學童讀詩的興趣與意願，也給老師帶讀、親子共讀的教師、家長們一把鑰匙，幫助低年級的孩子打開這扇門。

謹以本書向敬愛的梁老師致上謝忱。

Contents 目錄

雞、鴨、鵝都來了

鵝、鵝、鵝，曲項向天歌。
白毛浮綠水，紅掌撥清波。

〈詠鵝〉～駱賓王

大家都聽過《伊索寓言》裡「生金蛋的鵝」的故事。農夫嫌鵝每天生一顆金蛋太少了，認為鵝的肚子裡應該有很多金蛋。於是，又笨又貪心的農夫剖開鵝的肚子，卻發現什麼都沒有。這個故事很簡單，告訴我們過度貪心反而害了自己。在《格林童話》裡也有一個「金鵝」的故事：

樵夫有一個兒子，這一天，兒子想要當小樵夫出門砍柴，媽媽讓他帶上一塊烤餅和一瓶酸啤酒。走進森林後，他遇見一位白髮蒼蒼的小老頭。小老頭對他說：「可以分我一些蛋糕和葡萄酒嗎？我又餓又渴。」他可憐兮兮地伸出手。

小樵夫看他真的是一副虛弱的樣子，說：「我只有烤餅和啤酒，如果你不嫌棄的話，我們一起吃吧！」

他們坐在草地上，當小樵夫拿出食物時，意想不到的事情發生了，那塊烤餅變成一個大蛋糕，酸啤酒也變成好喝的葡萄酒。他們一起高興地吃著。小老頭吃完後說：「你心地真是善良，把自己的午餐和我分享，我要回報你。你看那邊那棵大樹，你砍倒它後會找到一個大寶物。」

小樵夫走過去砍倒那棵樹，就在樹倒下來的一瞬間，從樹幹裡飛出一隻大金鵝。這隻鵝全身都是金色，每一片羽毛全是金子，渾身金光閃閃。

小樵夫抱著這隻金鵝想去獻給國王，途中他到一間小旅店過夜。這

家旅店的老闆有三個女兒，她們看見這隻大金鵝全都瞪大了眼睛，心裡想著：「要是能拔一根羽毛，那就發財了。」

等到深夜，小樵夫睡熟了，大女兒偷偷溜進房間，伸手去拔金鵝的羽毛。沒想到一碰之下，她的手掌居然被翅膀緊緊黏住，怎麼樣也抽不開。正當她不知怎麼辦的時候，二女兒進來了。她也想拔金鵝羽毛，可是她想拉開姐姐時，也被牢牢黏住了。

接著，小女兒進來一看，小聲問：「你們兩個到底在做什麼？」兩個姐姐說：「千萬別過來！」小女兒不聽話，結果一伸手也被黏住。就這樣，三個姐妹和大金鵝黏在一起，呆呆地度過一夜，金鵝還不時張開眼取笑著看看她們，好像在說：「哈哈！三個笨瓜。」

早晨小樵夫醒來，抱起金鵝就上路，完全不管黏在金鵝身上的三個姐妹，三姐妹只好緊緊跟在後面，一路扭來擠去，還要小跑步才跟得上。走著跑著，一位牧師看到這支可笑的小隊伍，他說：「唉呀！你們瘋了嗎？大白天三個女生抓著一個男生，太不像話！」說著，他上前抓住小女兒想要拉開，然後，他也被黏住了，只好一邊叫一邊跟著小跑。

有村民看到他們，問：「牧師，你們這麼急要去哪裡？你忘了我找你有事嗎？」他跑上前去拉牧師的袖子，哈哈！又多一個。他們一路走，沿路有人繼續黏上來，這支小隊伍長成十個人的長隊伍。

當他們走進城堡後，大家看見一行人緊緊跟在抱著金鵝的小樵夫後

面，浩浩蕩蕩地遊行，感到又驚訝又好笑，忍不住指指點點。

正好宮殿裡的公主因為從來都不笑，冷若冰霜，國王很傷腦筋。他宣布：只要有人可以讓公主發笑，就可以和公主結婚。

小樵夫和他的隊伍走近宮殿前，公主看見這一串人黏在一起，不由自主跟著小樵夫和他抱著的金鵝，歪歪扭扭地小跑著，這搞笑的畫面讓她忍不住哈哈大笑，怎麼也停不下來。

承諾必須要遵守。小樵夫逗笑了公主，可以娶公主為妻，可是國王又覺得小樵夫傻裡傻氣，心裡很不願意，於是出了兩個難題給他：要他想辦法，在一天之內喝完宮殿裡所有的葡萄酒和吃完所有麵包。

小樵夫一聽，這還不簡單。他去找來小老頭，小老頭可高興了，唏哩呼嚕喝光酒、吃完麵包，打個飽嗝，說：「沒有了嗎？」國王看了也呆住，只好答應小樵夫和公主結婚。小樵夫真是好心有好報！

篇首〈詠鵝〉白話翻譯：

池塘上有一群可愛的白鵝在水面游著。大白鵝彎起長長的脖子（項就是脖子），向著天空鳴叫，好像在唱歌。

鵝白色的羽毛漂浮在青綠的水上，紅色的腳掌撥動著清清的水波，自由自在、優游快樂的樣子。

詩人小傳

駱賓王（六一九年—六八七年），字觀光，唐初詩人，與王勃、楊炯、盧照鄰，合稱「初唐四傑」。從小很會寫詩、寫文章，據說這首〈詠鵝〉是他七歲時寫的。

小知識

王羲之是歷史上書法寫得最好的人，我們稱他為「書聖」，他最喜歡的就是鵝。他建了一個養鵝池，常常在這個池旁觀賞鵝的優雅動作，也常常寫「鵝」這個字。因為愛鵝和長期的觀察練字，後來王羲之寫的「鵝」字達到活靈活現的程度。

除了鵝，也有詩人喜歡寫雞：

買得晨雞共雞語，常時不用等閒鳴。
深山月黑風雨夜，欲近曉天啼一聲。

〈雞〉～崔道融

白話翻譯：

我買來一隻大公雞，我跟牠說：平常沒事不需要你辛苦啼叫。但是等到深山中風雨交加的夜裡，你必須在天快亮的時候大大聲的啼叫，告訴人們天要亮了，黑暗和風雨將要過去。這就是你的重要任務。

蘇東坡還寫過關於鴨的詩，不過貪吃的他在意的是——可以吃河豚了：

竹外桃花三兩枝，春江水暖鴨先知。
蔞蒿滿地蘆芽短，正是河豚欲上時。
〈惠崇春江晚景〉～蘇軾（宋）

白話翻譯：
竹林外面有兩三枝桃花開始綻放，春天到臨，江水開始回暖，在江中游水的鴨子，牠們是最早知道的。
江邊長滿了蔞蒿（水邊植物），蘆葦也開始抽出短短的芽。這個時候，正是捕撈河豚烹飪上桌的好時節。

你來或者不來，都是我的好朋友

綠螘新醅酒[1]，紅泥小火爐。
晚來天欲雪，能飲一杯無。

〈問劉十九〉～白居易

[1] 螘：同「蟻」。醅：沒過濾的酒。

莊子有一個朋友叫做惠施，惠施在魏國升任宰相，約了莊子前去看他。但是有人對惠施說：「宰相大人，莊子和您比起來如何？」

惠施摸摸鬍子，低頭想一下說：「他比我還有才能。」

這人又說：「他來到魏國，會不會有可能取代您當宰相呢？」

惠施聽後，心裡開始感到恐慌，於是派人在城中搜索，想要先抓住莊子，以避免讓國君先認識然後喜歡上莊子，就這樣整整搜了三天三夜。

莊子知道了，先去找到惠施，對他說：「你知道嗎？南方有一種鳥，牠的名字叫鷯（ㄌㄧㄠˊ）鴝（ㄑㄩˊ），這種神鳥從南海出發飛到北海，路途很遠，但是沿路上如果不是遇到梧桐樹，牠不會停下休息。不是竹子的果實牠不吃，不是甜美的泉水牠也不喝，因為牠是高貴的神鳥。

這個時候有一隻貓頭鷹，嘴中叼著一隻腐爛的老鼠。神鳥正從空中飛過，這隻笨貓頭鷹抬頭看見，心裡一慌，以為牠要來搶老鼠，便發出恐嚇的『啊』一聲，想嚇走神鳥。現在，惠施先生，你是不是也因為你宰相位子而想要來『啊』我？」（改寫自《莊子‧秋水》）

莊子這段話的意思是說：惠施就是那隻笨貓頭鷹，牠嘴中那隻腐爛的老鼠就是魏國宰相的位子。笨貓頭鷹把腐爛的老鼠當作寶貝，就如同惠施將「宰相」當寶貝一樣。對於自許為神鳥的莊子來說，這種心態和舉動是很可笑的，因為他根本沒有把「宰相」看在眼裡呀！

和朋友相聚是人生一大樂事，「有朋自遠方來，不亦樂乎！」友情分很多種，莊子說：「君子之交淡若水，小人之交甘若醴ㄌㄧˇ（甜酒）。」賢良君子間的交往，像水一樣，在平淡純潔之中顯出真情真義；小人間的交往常常看起來如糖似蜜，其實根本經不起考驗，甚至會互相帶來災害。

篇首〈問劉十九〉白話翻譯：

傍晚，我在隱居的家中，手邊有新釀還未過濾的酒，倒入杯中，酒面上泛起一層綠色細小泡沫，看起來像一群綠色小螞蟻一樣，一旁紅泥燒製成的小火爐正在加熱著。

看這天色濃雲厚重，入夜後即將下雪，禁不住想念起我的老朋友劉十九，如果能來到我身邊共飲一杯該多好啊？

詩人小傳

白居易（七七二年—八四六年），字樂天，號香山居士，晚唐著名詩人，詩作平易通俗，老嫗（老婆婆）能解。有《白氏長慶集》傳世，代表長詩有〈長恨歌〉、〈琵琶行〉、〈賣炭翁〉等等。

好朋友相處起來可以很隨意，有酒喝酒，或是以茶代酒也可以，重要的是相處時的開心隨意。宋朝杜耒的〈寒夜〉也是非常知名：

寒夜客來茶當酒，竹爐湯沸火初紅。
尋常一樣窗前月，才有梅花便不同。

〈寒夜〉～杜耒（宋）

白話翻譯：

冬天寒冷的夜晚，客人來了，家裡沒有酒，以茶來代替酒。炭火紅起來，爐上竹壺中的水也滾了。

窗前的明月光，依舊是尋常的月光，然而有幾枝梅花幽幽地開著，更有朋友的陪伴，今晚的月色，格外的不同。

和好朋友在一起，即使是普通的地方也會覺得很好玩，像是去公園玩，或是畢業旅行去遊樂園，因為有好朋友一起，便會覺得特別的好玩，這種感覺就是一種格外不同的心情。

再來說的是，唐朝時薛仁貴大將軍的一個「君子之交淡如水」故事。薛仁貴年輕的時候很窮，和太太住在一個破窯洞中，他的鄰居朋友叫王茂生，經常拿食物接濟他們家，不嫌棄他貧困，和他結成金蘭兄弟。後來薛仁貴去當兵，跟隨唐太宗親征高句麗國，他一個人騎馬衝入敵陣，一戰成名。之後又持續率領軍隊東征西討，連續擊敗西方的敵人，受封為平遼王。

薛仁貴後來衣錦還鄉，回到老家皇帝特地為他修建的王府，這時各方送來許許多多的珍貴禮物，不過都被崇尚儉樸的薛仁貴婉拒了。只有留下貼著「王茂生贈」的兩罈美酒。薛仁貴說：「這是我的好兄弟送的，我要拿來請所有客人喝。」

沒想到打開來卻沒聞到任何酒香味，僕人一嚐，大叫：「是清水！」

有人就說：「是誰這麼大膽，敢用清水戲弄王爺？一定要重重處罰才行！」

薛仁貴卻哈哈大笑，特地派人將王茂生夫婦請進來，當面喝下三大碗清水，向他們倆敬禮說：「我以前落魄時，全靠義兄夫婦的幫忙。這兩罈清水比美酒還要香，比金銀財寶還要貴重。我謝謝您！這就是『君子之交淡如水』，讓我不忘本。從今以後我要和義兄共享富貴。」

朋友相約，即使沒見到面，也會有不同的心境表現，例如宋朝趙師秀的〈約客〉，只有靜靜的等待，沒有埋怨不安：

黃梅時節家家雨，青草池塘處處蛙。
有約不來過夜半，閒敲棋子落燈花。

〈約客〉～趙師秀（宋）

白話翻譯：

夏初梅子轉黃時，處處都在下雨，青草滿地的池塘邊，傳來一陣一陣蛙鳴。

和朋友約了下棋，都已經半夜了，朋友還不來，我拈著棋子敲著棋盤，閒意地看著蠟燭即將燃盡的火花。

有一年冬天好不容易雪停了，「書聖」王羲之的兒子王徽之還不想入睡。推開窗子，見到溶溶月色下的雪景，心情很是受到觸動。於是興致勃勃地叫人布置酒菜在庭院中，自斟（ㄓㄣ）自酌（ㄓㄨㄛˊ）起來，賞月賞雪景，吟詩作樂。

一時間，他覺得雖然此時此景情緻動人，但總好像少了什麼，這時如果有好朋友一起分享，再有悠揚的琴音就更完美了，「對了，不如來找很會彈琴的戴安道吧！」他想。

王徽之叫來僕人準備船隻，完全不管距離很遠，連夜乘舟前往。

小舟划在冰冷的河面上，劃破月亮的投影，波光閃閃爍爍，白雪覆蓋兩旁。王徽之賞玩著沿途美景，也不忘催促僕人划船，恨不得快點見到友人。

行了一整夜，天色即將拂曉時終於到達。

小舟停下，王徽之卻說：「回去吧！」

僕人呆住：「老爺，已經到了，您要回去？」這不是耍人嗎？僕人心想。

王徽之說：「我本來趁興而來，現在興致盡了，當然應該回去，何必

還要見他呢？」（改寫自《世說新語》）

王徽之這人就是這麼率性，朋友有沒有見到不重要，自己的心情到哪裡就算哪裡了，這不也是一種豁（ㄏㄨㄛˋ）達？

平行宇宙大冒險

朱雀橋邊野草花，烏衣巷口夕陽斜。
舊時王謝堂前燕，飛入尋常百姓家。

〈烏衣巷〉～劉禹錫

你有沒有聽過浦島太郎和海龜的故事？在這個日本神話中，浦島太郎救了被小朋友欺負的海龜，海龜為了報恩帶他去龍宮玩，後來他從龍宮回到人間，人間已經經過了幾百年，景物還有一點相似，但是已經沒有一個

認識的人。

看來在不同的空間，有著不一樣的時間流動方式，這些地方的時間比現實世界慢很多。

關於時間流逝，詩人還寫過一首更誇張的詩，說自己很久沒有回家鄉，現在回來好像已經經過幾百年，「到鄉翻似爛柯人」。「爛柯」兩字來自一個神話故事，應該是平行宇宙的古代版。柯是斧頭把柄，爛柯就是木頭做的把柄爛了。我們來說說這個故事：

從前有一個叫做王質的年輕人，住在石室山，有天他拿著斧頭進山砍柴（不是金斧頭銀斧頭的故事，別誤會喔！）。在深山中聽見有小孩子的聲音，循著聲音走過去，看見幾個小孩子在一起，有說話的也有唱著歌的，正中間有兩個人在下圍棋。

王質很好奇，走向前去看，一看不得了，棋盤上你來我往，出現各種奇妙的棋步，好像一個變化無端的戰場，進攻、防禦、埋伏、偷襲……不盡的戰局將他完全吸引住。

　　不知時間過去多久，有一個小孩突然將一顆小果實塞給他，看起來像是棗子的果核，「這個給你，你含進嘴巴裡，可以不讓你肚子餓。」

　　看得入迷又出神中，他乖乖把果實含入嘴中，說也奇怪，從此都不感到飢餓，也感覺不到時間的流逝，只沉浸在棋盤上黑子白子的來來往往。

　　好像只是過了幾分鐘，小孩問他：「你還不

回家嗎？」

王質才好像醒了過來，「喔！該回家了。」回頭要拿起斧頭，才發現斧頭的木頭把柄已經爛掉了。他嚇一大跳，發生什麼事？

他回到鄉里後，奇怪的是，街坊鄰居沒有一個是認識的，鄉道的景觀也大不一樣，原本自己的家也不見了。驚訝又緊張的王質找到鄉人一問，才知道距離他進山砍柴已經過去幾百年。

山中才一日，人間已百年。這件事傳出來後，這座山從此改叫做「爛柯山」。（改寫自《述異記》）

篇首〈烏衣巷〉白話翻譯：

金陵城朱雀橋邊開滿野草花，烏衣巷口夕陽斜斜掛著。

當年王導、謝安等大族屋檐下的燕子，如今都已飛進尋常百姓家中。

詩人小傳

劉禹錫（七七二年—八四二年），字夢得，唐朝中晚期著名詩人，有「詩豪」之稱。他的〈陋室銘〉非常有名，其中「山不在高，有仙則名；水不在深，有龍則靈。」大家耳熟能詳。

這種進入不同空間，造成時間劇烈變化的故事還不少。

另外有一個故事，說是有兩個人在山裡迷路了十幾天，沒東西吃，好不容易吃到幾顆桃子，想在溪邊喝水時，發現有一碗米飯漂下來，「上游應該有人家，我們去看看吧！」他們說。

不久遇到兩個像仙女一般的女子，她們叫著兩人的名字，說：「你們是來還碗的嗎？」口氣好像是老朋友一樣，兩人感覺很奇怪。

女子帶他們倆回家，他們看到銅瓦屋頂的大房子，裡面有十幾個婢ㄅㄧˋ

女，桌上還有牛羊肉和美酒佳餚，她們招呼說：「你們餓了吧？趕快來吃。」

後來他們和兩個女子結婚，過了十幾天，他們想回家，新婚妻子卻說：「你們好不容易來到這裡，我們是這麼有緣，為什麼還要走呢？」於是又留下來半年，等到這時春暖花開，聽到各種鳥兒的婉轉鳴叫，他們更加想家。

「離開故鄉這麼久，我們好想回家。」兩人說。

雖然覺得無奈，兩位妻子還是叫來婢女們，彈奏著樂器送他們兩人離開，指示他們出山的道路。

回到家鄉，卻發現沒有一個認識的人，街道房屋也都已經改變樣貌。好不容易遇到一個人，一問之下才發現是相隔七代的孫子，原來已經是經過兩百多年。（改寫自《幽明錄》）

小知識

「宇宙」，我們常說的宇宙，大家知道真正的意思是什麼嗎？「宇」是空間，「宙」是時間，所以，宇宙指的就是所有的空間和所有的時間，也就是我們存在的所有時空。

事實上，即使時間沒有經過幾百年，只要有一段時間沒有回到故鄉或是以前住過的地方，也會有既陌生又熟悉的感覺，以下這首詩說的就是這種心情：

少小離家老大回，鄉音無改鬢毛催。
兒童相見不相識，笑問客從何處來。

〈回鄉偶書〉～賀知章

白話翻譯：

我在年紀小的時候離開家鄉，直到年老時才回來，雖然我的口音沒有改變，但是鬢髮已經變白，容貌發生很大的變化了。

家鄉的孩子們見到我，根本都不認識，笑嘻嘻問我是從哪裡來的。

我們都愛作夢

江雨霏霏江草齊，六朝如夢鳥空啼。
無情最是臺城柳，依舊煙籠十里堤。

〈臺城〉～韋莊

《愛麗絲夢遊仙境》這本書描寫一個小女孩進入夢中世界，經歷各種奇奇怪怪、不可思議的旅程，遇到很多會講話的奇特生物，真的是非常特別又有趣，受到全世界許多人的喜愛。那愛麗絲是怎麼掉進夢中仙境的

呢？我們來看一看：

在一個陽光下金澄澄的午後，小愛麗絲和姐姐坐在河岸邊。姐姐看書，愛麗絲沒有事情做，很無聊。又悶又熱的天氣讓人昏昏欲睡，正要打起瞌睡的時候，忽然冒出一隻粉紅色眼睛的白兔，從她身邊跑過。

「哎呀！天哪！天哪！我要遲到了。」這隻白兔自言自語說著，還從背心口袋裡掏出一塊懷錶來看了看。

愛麗絲睡眼朦（ㄇㄥˊ）朧（ㄌㄨㄥˊ）之間，

想了一下才驚覺：兔子會說話？還穿著背心？而且還從背心裡掏出一塊懷錶來！

她按(ㄢˋ)捺(ㄋㄚˋ)不住好奇心，跳起來追了上去。她快步追過一片田野，看見兔子鑽進籬笆底下的兔子洞，愛麗絲想也沒想就跟著鑽進去。兔子洞裡是一條筆直的通道，但是爬沒多遠突然變成垂直向下，愛麗絲一個來不及，「咻」一下掉下去。

愛麗絲往下掉，一直掉啊掉，她忍不住想：「怎麼會掉這麼久？是這個洞太長還是掉的速度太慢？」她開始在空中變換起姿勢來了，還忍不住自言自語說：「我一定快要接近地球中心了吧？那是多深呢？」接著她又說：「我會不會穿過地球，摔到另外一面去？如果摔到那些顛倒過來的人中間去，那就好玩了。」

愛麗絲繼續往下掉！沒有事情做，她只好又自言自語，「我的小貓咪一定開始想我了，如果小貓咪在的話，我們就可以一起往下掉。」正說著，忽然一陣「唏哩嘩啦」聲響，愛麗絲掉到一堆乾葉子上，總算是掉到底了。

還好，愛麗絲一點兒也沒受傷，一蹦就站起來。她往頭頂上一望，黑漆漆的什麼也看不見。往前面一瞧，是一條長長的通道，依稀看見那隻白兔還在前面趕路。她趕緊追上去，可是轉過一個彎，兔子卻又消失了。

這時候，愛麗絲發現自己進到一間小房間，這裡四周有許多道門，但是都上了鎖。在她的面前有一張玻璃的小桌子，桌上只有一把小小的金鑰匙，沒別的東西。愛麗絲拿起鑰匙試著打開那些門，可是，要不是鎖孔太大，就是鑰匙太小，總之沒有一道門打得開。

突然，她發現牆邊一塊簾子後面有一道小小的門，她把金鑰匙插進門上的小孔，哈！剛剛好。愛麗絲打開門，裡面有一條小通道，比老鼠洞大不了多少。她跪下低頭往裡面瞧，看見裡面有一個超級美麗的小花園在通道盡頭。她好想鑽過去玩啊！但是那個門小得連她的頭也鑽不進去。

「唉！我要是能縮小就好囉！」她只好關上門。

沒辦法，她回到小桌子前面，這時桌子上居然出現了一個小瓶子。

「奇怪？剛剛這裡明明沒有什麼瓶子呀？」她拿起瓶子，看見瓶子上貼著一張紙：「喝掉我」。

愛麗絲提起勇氣嘗了一口，味道好極了！她一口氣喝光光。突然，她發現自己正在越變越小，「多麼奇怪呀！我縮小了。」她現在變成只有二十五公分高的小人了，剛好可以通過那個小門。當她走到小門前，才發現忘記拿金鑰匙，她只好回到桌前去拿。可是她變得太小，已經搆（ㄍㄡˋ）不著鑰匙。透過玻璃桌子可以清楚看到鑰匙，她攀著桌腿往上爬，卻每次都滑下來。可憐的愛麗絲累得坐在地上哭了起來。

一會兒，愛麗絲看到桌子下面有一個小玻璃盒子，她打開盒子一看，裡面有一塊小蛋糕，蛋糕上用小葡萄乾鋪了字：「吃掉我」。愛麗絲說：「好，我就吃掉你。」然後很快把一塊蛋糕吃得乾乾淨淨。

「唉呀唉呀！太奇怪了！」愛麗絲驚叫起來，因為現在她開始越長越高，越長越大，她的頭都碰到房頂了。她急忙拿起小金鑰匙向通往花園的小門走去。

可是愛麗絲變得太大，現在只能側著身體躺在地上，用一隻眼睛往門裡望去，根本進不去。於是，她坐在地上哭了起來。她哭出好多好多眼淚，周圍漸漸淹水，不久整個房間變成一個淚水池。

篇首〈臺城〉白話翻譯：

江上飄來綿綿細雨，江邊的綠草長得又高又齊。想起這裡曾經是六個朝代建立都城的地方，現在只留下遺跡和鳥兒的啼叫聲，一切如同一場夢。

臺城的柳樹不識人世間的感情，不管世間如何的變化，只是在這裡站著，依舊在春天裡抽發嫩芽。春風吹來，柳絲飄動，有如煙霧一樣籠罩著十里長堤。

是不是有過這種經驗？明明夢中經歷很多事，醒來發現才經過幾分鐘而已，而夢裡面卻是經過了好幾年甚至一輩子。有兩個故事說的就是這種經驗，黃粱一夢與南柯一夢（不是柯南！）。

「唉……人生啊！」一位穿著舊衣的落魄書生在旅店中唉聲嘆氣。旁邊坐著的一位道士問他，「你看起來身體健康，能說能笑，一切如意，為什麼還在唉聲嘆氣？」

書生說：「我哪裡能說是如意呢？勉強活著罷了。」

道士又問：「你認為怎麼樣才是如意人生？」

書生說：「人生在世，建立名聲地位，當上宰相，享受美食和各種娛樂，讓家族富有，才算是如意人生啊！可是我連科舉都沒考上，如意人生的邊都沾不上啊！」

說著說著，書生感到又累又睏，而旅館的老闆正在蒸的黃粱ㄌㄧㄤˊ飯才剛剛冒出熱氣，還沒有熟。

道士從包袱中拿出一個枕頭，說：「來，你累了，趴在這個枕頭上睡一覺，你就可以如願得到榮華富貴。」

書生接過這個枕頭，是青瓷做的，兩邊都有開孔。他一低頭，看見開孔的地方越變越大，還越來越亮，一眨眼就被吸進去了，再睜開眼已經回到家裡。

然後，他和一位大族的女兒結婚，考上進士，當上大官，五十年來官越當越大，俸ㄈㄥˋ祿ㄌㄨˋ（薪水）極為豐厚，買了很多良田、宅第、美女和馬匹，

享受著無盡的榮華富貴，活到很老，最後在一個晚上死去。

書生這時醒來，伸一個懶腰，打一個哈欠，甩甩頭發現自己還在旅店裡面，道士仍在身邊，而旅店中的黃粱飯都還沒煮熟呢！一切和他睡著前一模一樣，他感到很驚訝，說：「難道那些榮華富貴，都只是一場夢嗎？」

道士則說：「現在你知道，人生不過就是一場夢而己。」

另一個「南柯一夢」的故事，是說有一個人宴客喝醉酒後，來到院子的一棵大槐（ㄏㄨㄞˊ）樹下睡著，朦朦朧朧中看到兩個紫衣使者來迎接自己，帶他到一個叫做「大槐安國」的地方。

這裡的國王熱情招待他，讓他和公主結婚。他們生了五個兒子、兩個女兒，國王還派他到南柯郡當長官。但是後來公主過世，而他也因為和敵人作戰失敗，不能再當官，所以國王又派紫衣使者送他回家。

回到家，他看見自己正在樹下睡覺，然後突然醒過來。看看四周，一切和他剛睡著時一樣，僕人在掃地，客人也還在，夕陽都還沒有落下。他感嘆在夢中一會兒，好像過了一輩子。

他把夢中的事情告訴客人，大家都覺得不可思議，以為是有什麼奇怪的東西害他作怪夢，開始在樹下尋找。然後他們發現一個大洞穴，裡面滿滿的螞蟻。原來是個大蟻穴，裡面的布置都和夢中的場景方位相符合，有宮殿、街道、山丘、南邊的城池……。

小知識

這兩個故事衍伸出的成語：

1. 黃粱一夢：又稱一枕黃粱，比喻富貴榮華如夢一般，短促而虛幻；也比喻慾望落空。
2. 南柯一夢：比喻人生如夢，富貴得失無常。

我們每個人都希望作一個美夢，在夢中可以完成我們的願望，有什麼夢想都可以達成。詩人就希望在夢中可以和許久不見的親人見面：

海上生明月，天涯共此時。
情人怨遙夜，竟夕起相思。
滅燭憐光滿，披衣覺露滋。

不堪盈手贈，還寢夢佳期。

〈望月懷古〉～張九齡

白話翻譯：

茫茫的大海上升起一輪明亮的滿月，這個時候，我們隔著天涯，同樣遙遙望著月亮。

不能相見的有情人，因為夜晚漫長而難過；因為整個夜裡想念親人，而不能成眠。

我將蠟燭熄滅，留下這滿屋子可愛的月光，披上外衣徘徊在夜裡，感到夜露寒涼。

可惜不能把美好的月色捧著給你，也只有希望和你可以在夢中相見。

怎麼樣，就是要嚇你

功蓋三分國，名成八陣圖。
江流石不轉，遺恨失吞吳。

〈八陣圖〉～杜甫

嚴肅的氣氛中，見到軍情消息的諸葛亮眉頭一皺，氣憤地說：「是誰教主公這樣做的？」

下屬回答：「是主公自己的意思。」

「這下不好了。」諸葛亮嘆了口氣。

原來是他們的主公劉備不顧眾人的建議，在進攻東吳的路上沿江立下連綿不絕的兵營，而這時諸葛亮留守在國內，沒有隨著劉備的大軍出征。

東吳的孫權聽說這個消息，心想劉備這下子死定了，「劉備這個笨蛋！不懂兵法，哪有人立下七百里長的兵營，這要如何進攻敵人？哈哈！我們的大將軍陸遜一定可以取勝，十天之內必有好消息。」他說。但大家並不怎麼相信，因為這次劉備帶來的兵馬實在很多。

而魏國國君接獲訊息，也說：「東吳這次贏定了。如果東吳的陸遜獲勝，必定全力出兵，那麼東吳國內沒有兵力防守，我們就趁機南下進攻，東吳肯定是我們的囊中物了。哇哈哈！」說著，他不禁覺得興奮，好像已經打下東吳似的。

三國小傳：

漢朝末年，天下大亂，曹操在北方建立魏國，稱為曹魏，之後由兒子曹丕繼位稱帝。劉備在西方四川一地建立蜀國，稱為蜀漢，有諸葛亮為軍師，關羽、張飛、趙雲為大將。孫權在東南一帶建立吳國，稱為東吳或孫吳。是為三國鼎立，互相征戰不已。

「如果對方用火攻，主公就慘了。」諸葛亮冷靜下來想了一下，又接著說：「你現在趕快去告訴主公，改變兵營布置的方式。」

「如果主公已經被攻陷了，怎麼辦？」下屬問。

諸葛亮搖一搖羽扇，充滿自信的說：「不怕，即使是這樣，陸遜也不敢帶兵追過來。」

「為什麼？」

「因為他們怕魏國出兵偷襲，而且主公如果有什麼閃失，應該會退回白帝城這個地方。我在白帝城附近已經布下了十萬的伏兵。」諸葛亮說。

眾人都不敢相信。

這天晚上，劉備的營寨突然發生大火，而且數個火頭一起竄（ㄘㄨㄢˋ）出，在風勢的帶動下瞬間變成一片火海。原來是陸遜派人暗中放火，同時派兵圍堵。劉備嚇一大跳，大叫：「救命啊！」急忙之中趕緊逃跑，在途中不斷遭遇到東吳的軍隊追殺。正當被圍困的緊急時刻，眼看無路可走了，火光衝天，殺聲隆隆之中，有一人從千軍萬馬中衝了出來，揮舞著長槍將驚慌的劉備救出。

此人正是一身是膽的趙雲，「主公，先往白帝城躲避。」這員猛將對劉備說。

「我逃走了，後方那些將士怎麼辦呢？」劉備問。

趙雲舉著長槍，豪勇的說：「我去救他們出來。」說完，又跑回了戰場。

逃到白帝城後，劉備非常後悔自己的不明智，但一切都來不及了。

陸遜領兵一路追趕，隔日到了一處山旁江岸，赫然發現前方一陣殺氣沖天而起。陸遜急忙停馬，說：「前面一定有埋伏，大軍停下來！」後退到空闊處重新整隊。陸遜無法平息心中的疑慮，一再派人到前方去偵察。

「報告，前方一兵一馬都沒有發現，只有數十堆的亂石堆。」哨兵回來說。

看看天色將晚，登到高處望去，一陣陣殺氣騰騰，陸遜感到很猶ㄧㄡˊ

豫ㄩˋ，找來當地人詢問。當地人說：「當年諸葛亮進入四川時，派兵取大石頭排成陣勢在沙灘上，從此以後常常有煙雲從內部升起。」

陸遜哈哈一笑，「這只是迷惑人的障眼法罷了，沒什麼了不起。」說著，帶領士兵進入亂石陣。

入陣後天色昏暗，正想回頭的時候，忽然狂風大作，一眨眼間，飛沙走石，幾乎遮蓋整個地方，只能隱約看見亂石奇形怪狀，像是一把一把的利劍從石頭中伸出來。沙灘上的土堆如同一座一座小山，江上的波浪聲則彷彿敲著劍打著鼓。

陣中一切的一切，像是有數不清的兵馬圍攻過來，令人恐慌。陸遜驚訝說：「好可怕啊！我中了諸葛亮的計！」可是想要退出去，卻找不到路。

這時忽然有一個老人出現在他面前，笑著說：「將軍想要出這個陣嗎？」

陸遜吸了一口氣，略做鎮定說：「請老先生引導我出去。」

老人拄著枴杖緩緩行走，帶領著陸遜一行人走出亂石陣，一直送他們

到安全的山坡上。

陸遜問：「請教老先生您是什麼人？」

「我是諸葛亮的岳父（妻子的父親）。之前諸葛亮進入四川之時，在這裡布下亂石陣，名為『八陣圖』，每天的不同時刻會有各種變化，相當於十萬的精兵。他曾經交代我，如果有東吳的大將迷陷在這個陣中，不可以引他出來。」老先生說。

「那你為什麼救我出

來？」陸遜問。

「我一生都做善事。剛剛在山上看到將軍你陷於此陣，實在於心不忍，所以特地來救你。」

陸遜十分感謝，又問：「老先生，你學過這陣法嗎？」

老先生回答：「這八陣圖變化太多，學不了。」

陸遜不得不嘆口氣，說：「諸葛亮，臥龍先生（外號），我實在比不上啊！」（改寫自《三國演義》）

杜甫根據這個故事，寫下這首：

篇首〈八陣圖〉白話翻譯：

三國鼎立時，諸葛亮的聲名顯著，功勳卓越，他創下的八陣圖名揚千古。千百年來江流衝擊，沙灘上的亂石依然如當時一樣，劉備就是在這裡留下遺憾，想吞併吳國是個大錯誤啊！

杜甫還為諸葛亮寫過一首〈蜀相〉：

丞相祠堂何處尋，錦官城外柏森森。
映階碧草自春色，隔葉黃鸝空好音。
三顧頻煩天下計，兩朝開濟老臣心。
出師未捷身先死，長使英雄淚滿襟。

〈蜀相〉～杜甫

白話翻譯：

諸葛丞相的祠堂在何處呢？就在錦官城外，柏樹濃密森森的地方。
春色中，陽光灑落映照階上碧草，傳來黃鸝鳥在枝間的鳴唱。
劉備三顧茅廬請出諸葛亮，定下天下大計，他滿腔忠心輔佐蜀國兩朝。
可惜出師伐魏未成功卻病逝，這個事蹟，常使歷代的英雄們流淚不止。

杜牧也根據三國故事寫了一首〈赤壁〉：

折戟沉沙鐵未銷，自將磨洗認前朝。
東風不與周郎便，銅雀春深鎖二喬。

〈赤壁〉～杜牧

白話翻譯：

赤壁這裡的水底沙中沉著斷折的鐵戟，還沒有鏽蝕掉，取出洗磨後，辨認出是三國當年的遺物。

想當年如果周瑜沒有東風的幫助，結局恐怕是曹操獲勝，而大喬小喬兩個美女被關進銅雀臺了。（指赤壁之戰，周瑜因為東風幫助火攻，打敗了曹操。）

小知識

關於三國人物的成語：

1. 一身是膽（趙雲）：形容膽量極大，勇猛無比。
2. 三顧茅廬（劉備與諸葛亮）：漢末劉備往訪諸葛亮，經歷三次才見到。後來用以比喻敬賢之禮或誠心邀請。
3. 如魚得水（劉備與諸葛亮）：好像魚和水般的契合。比喻得到和自己意氣相投的人或很適合的環境。
4. 樂不思蜀（劉禪）：比喻樂而忘返或樂而忘本。
5. 望梅止渴（曹操）：曹操率兵行軍至途中，士兵乾渴難耐，曹操就騙士兵前方有梅林，梅子又酸又甜，誘使士兵流出口水以解渴的故事。後比喻用空想來安慰自己。

一花一世界

木末芙蓉花，山中發紅萼。❶

澗戶寂無人，紛紛開且落。

〈辛夷塢〉～王維

關於花給人的心靈感受，在《小王子》這本書中有著很有趣的描述：

❶ 萼：在花瓣外部呈片狀輪生的部分，具有保護花芽的作用。

小王子剛遇到狐狸時，小王子想和狐狸玩，卻被狐狸拒絕。小王子是從宇宙中B612星球來的，剛到地球不久。

小王子問：「你為什麼不跟我玩？」

狐狸說：「對我來說，你只不過是個小孩，跟其他成千上萬的小孩沒有什麼分別。我不需要你，你也一樣不需要我。我對於你來說，也只不過是一隻普通的狐狸，跟成千上萬其他的狐狸一樣。但是，假如你馴服我，我們就需要彼此。你對於我將是世界上唯一的，我對於你也將是世界上唯一的。」

「我懂了。」小王子說：「有一朵花……我相信她馴服了我。」

小王子在自己小小的星球上，有一朵唯一的玫瑰花，他澆灌她，把她放在玻璃罩下，每天聽玫瑰花抱怨，聽她吹牛，看她默默不說話。因為她是小王子的玫瑰花。

小狐狸又對小王子說：「人們習慣到商店買東西，但是沒有一家商店在賣友誼。」

第二天小王子又來找小狐狸，小狐狸告訴小王子，「你要來找我時，我們要先約個時間。如果你說下午四點來，從三點開始，我就會開始感覺很快樂，時間越接近，我就越來越快樂。到了四點的時候，我會坐立不安，這其實是一種幸福的感覺。但是如果你沒有約好什麼時候來，我會不知道我的心要懸到什麼時候。」

後來，當小王子要離開去別的地方時，狐狸對他說：「你去看看草原上那些玫瑰花。你將知道你的玫瑰花是世界上獨一無二的。你再來向我道別，我將告訴你一個祕密。」

小王子跑去看那些玫瑰花，然後他對她們說：「妳們一點也不像我那朵玫瑰花，妳們什麼也不是。沒有人馴服妳們，妳們也沒有馴服過任何人。就像是以前的那隻狐狸，當時牠只不過像其他成千上萬的狐狸一樣，但是我們成為了朋友。現在的牠對於我來說是世界上唯一的了。」

小王子回去找狐狸，狐狸對他說：「這就是我的祕密。很簡單，只有用心靈，一個人才能看得很清楚。真正的東西不是用眼睛可以看得到

真正的東西是用
心看的。
小星球上有一
朵玫瑰罩在玻璃
罩內，我們需要
彼此，對方就是
唯一。

的。」

「真正的東西不是用眼睛可以看得到的。」小王子重複這些話。

「你用在你的玫瑰花上的時間，使你的玫瑰花變得如此重要。」

小王子重複小狐狸的話，想要牢牢記在心裡。（改寫自《小王子》）

英國詩人布萊克曾寫下「一沙一世界，一花一天堂」。只要你願意用心去欣賞、用心去感悟，世間萬事

寂靜的山
澗旁悄無人蹤，
花兒們紛紛自行
開放又片片灑
落。

萬物都會和你心中的小宇宙連結起來。

王維閒步來到這個小山坳(ㄠ)❷，安安靜靜地，只有不遠處的流泉和鳥叫聲，眼前一片辛夷花開滿樹梢，淡淡的粉白嫩紅點綴(ㄓㄨㄟˋ)在山前。走前幾步，隱隱暗香漫漫微濕的空氣中。詩人寫下這首詩：

❷坳：低窪的地方。

篇首〈辛夷塢〉白話翻譯：

猶如出水芙蓉的辛夷花開立在枝梢上，在青山環抱中綻放紅顏。寂靜的山澗旁悄無人蹤，花兒們自行開放又片片灑落，紛紛地。

小知識

辛夷花：落葉喬木。花開在枝頭。花初出時尖如筆頭，所以又稱木筆；因為在初春開花，又叫做應春花。

詩人小傳

王維（七〇一年—七六一年），字摩詰，盛唐詩人，世稱「詩佛」。王維詩書畫都很有名，蘇軾對他評價：「詩中有畫，畫中有詩。」擅長寫山水，他與孟浩然都是山水田園詩人，合稱「王孟」。

王維在輞川這裡寫下二十首五言絕句，集結為《輞川集》，其中有我們熟悉的：

空山不見人，但聞人語響。
返景入深林，復照青苔上。

〈鹿柴〉～王維

白話翻譯：

空寂的山中一個人也沒有，只聽到遠處傳來一陣人語聲。
太陽的一抹餘暉照入林子深處，然後又照到林中的青苔上。

獨坐幽篁裡，彈琴復長嘯。
深林人不知，明月來相照。

白話翻譯：

獨自坐在幽靜的竹林深處，一邊彈琴一邊高歌。
深林中沒有其他人，只有天上的明月光來陪伴。

〈竹里館〉～王維

王維喜歡獨處，喜歡一個人出遊，喜歡自娛自樂，和其他喜歡熱鬧的詩人如李白，大不相同。

他曾經以終南山中的別墅為題寫下這首詩，其中「行到水窮處，坐看雲起時」是許多人面臨挫折時轉換心境的好詩句：

中歲頗好道，晚家南山陲。
興來每獨往，勝事空自知。
行到水窮處，坐看雲起時。
偶然值林叟，談笑無還期。

〈終南別業〉～王維

白話翻譯：

我在中年時對於尋求真實道理頗為喜愛，到了晚年在終南山邊陲買下住家。

興致來時常常獨自前往，在其間自我陶醉。

有時走到流水的盡頭去，然後坐下來欣賞雲霧升起，氣象萬千。

偶而在山林間遇見鄉村父老，往往聊得興起，忘了返家。

杜甫說：我要很多大房子

兩個黃鸝鳴翠柳，一行白鷺上青天。
窗含西嶺千秋雪，門泊東吳萬里船。

〈絕句〉～杜甫

唐朝爆發一場大戰爭，當時杜甫逃難到成都，好不容易在浣花溪畔搭建一間茅草屋，暫時安定下來。

在這條有著美麗名字的溪邊，杜甫寫下許多美麗的詩句，留下戰亂時的傷懷、離亂時的感嘆，以及避難時的生活即景，他也自稱是「浣花草堂主人」。

這間草堂臨時搭建，不免簡陋。簡陋到什麼程度呢？那時秋天天高氣爽，突然一陣大風吹來，茅草屋的屋頂居然就隨著風飛走了、飛走了。

茅草屋頂被風捲起，風勢一轉便在空中分解，有的纏繞（ㄔㄢˊ ㄖㄠˋ）在樹枝上，有的飄得很遠，落進了溪裡；還有一些一直飄啊飄，飄到河對岸。

杜甫驚叫一聲，忙著四處去撿茅草。年紀大了，只能慢慢走到對岸去，想著把茅草搜集回來，重新修補一下房屋。這時有調皮的小孩跑過來，抓起茅草就跑。

「喂！喂！別拿我的茅草啊！」杜甫一邊喘氣一邊追趕。

小孩們欺負他跑不動的樣子，嘻笑著，「來啊、來啊！來追我們啊！」抱著茅草飛快地鑽進竹林裡。

杜甫追也追不上、喊也喊不住，氣得哇哇叫，「你們這些可惡的小

安得廣廈千萬間，大庇天下寒士俱歡顏。
追不到！追不到！

孩！」只好嘆息著回去。

茅草屋屋頂沒修好，到了晚上風呼呼地吹進來，杜甫蓋著棉被還是凍得渾身發抖。不巧又下起雨來，屋內開始漏水，根本沒辦法睡覺。

杜甫於是抱著棉被坐了起來，寫下一首〈茅屋為秋風所破歌〉的長詩，說的就是這段茅草被風吹跑，然後被頑童搶走追不到的情景。發發牢騷之餘，詩的最後也發下願望說：

安得廣廈千萬間，大庇天下寒士俱歡顏，風雨不動安如山。

意思是說，希望有千萬間寬敞又高大的房子，作為天下貧苦讀書人溫暖的居所。他們可以安心住在像大山一樣安穩的房子裡，不怕風吹雨打，每個人都能開懷歡笑。詩句中有可憐自己，也蕩漾著悲天憫人❶的胸懷。

後來，杜甫的茅屋由一位好友嚴武將軍協助修好了。

可惜這個好朋友不久接到命令，必須要離開。杜甫非常捨不得這個資助他的好友，一路送他出成都直到很遠。

❶悲天憫人：憂傷時局多變，哀憐百姓疾苦。

這位將軍一離開，成都就發生兵變，杜甫只好又開始逃難。直到一年多後動亂才逐漸平息，杜甫才又可以回到自己的浣花溪草堂。

戰爭終於停息，天下在多年戰亂後終於迎來太平，杜甫坐在自己的草堂裡，終於可以安心下來。他悠悠坐在窗口，望著窗外的風景。這時正是春初，萬物萌生。明媚春光中，他寫下最前面那首詩：

篇首〈絕句〉白話翻譯：

兩隻黃鸝鳥在柳枝上嘰嘰喳喳地叫著，藍天上飛過一群白鷺。窗外還能望見西嶺雪山山頂上，千年不化的白色冰雪；門口水上停泊著從東吳萬里迢迢開來的船隻。

在這段戰亂中的幾年平靜生活，杜甫在浣花溪畔寫了二百多首詩，其中還有知名的〈春夜喜雨〉：

好雨知時節，當春乃發生。
隨風潛入夜，潤物細無聲。
野徑雲俱黑，江船火獨明。
曉看紅濕處，花重錦官城。

〈春夜喜雨〉～杜甫

白話翻譯：

一場雨帶來初春的訊息，在春風相伴的夜晚悄悄下起來，無聲地潤澤萬物。烏雲滿天，田野小徑一片昏黑，唯有江邊漁船上的一點燈火，獨獨顯出光亮。

明朝天亮時，潮濕的地上必定有被雨打落的紅色花瓣，然而錦官城裡也會隨著春雨綻放更多萬紫千紅。

詩人小傳

杜甫（七一二年—七七〇年），字子美，自號少陵野老，世稱「杜工部」、「杜少陵」。他憂國憂民，人格高尚，詩藝精湛，留存一千四百餘首詩，影響深遠。世人尊爲「詩聖」，他的詩被稱爲「詩史」，與李白合稱「李杜」。

故事外的故事

杜甫和嚴武是好朋友。杜甫逃難至成都時，嚴武擔任當地長官，他非常照顧杜甫，因為他的資助，杜甫可以不用工作，安居於浣花溪草堂，寄情於詩歌中。後來嚴武被調走，戰亂又起，杜甫不得已只好避難到別處。

不久後，朝廷再派嚴武回成都平定戰爭。杜甫聽說嚴武回來坐鎮，很興奮地趕回他的浣花溪草堂。兩人再相見，回首這幾年的悲歡離合，真是既感傷又安慰。

嚴武知道杜甫想出來做官，所以推薦他當了工部員外郎，成為他的幕僚（ㄇㄨˋ ㄌㄧㄠˊ）（類似助理），杜甫也因此被世人稱為「杜工部」。可是在共事後不久，他們原本亮麗的友誼卻迎來黑暗的毀滅，一帆風順的友情就這麼撞山沉沒。

杜甫對於嚴武奢侈的行為、胡亂的封賞，十分看不過去，和他發生多次爭吵。有一次杜甫喝了酒後，還跳到嚴武的床上大罵，「你這樣亂搞，還算是你爸的兒子嗎？」

「你說什麼？」嚴武非常生氣。

杜甫被嚇到，只好說：「我是我爺爺的孫子，可沒丟他的臉。」他爺爺也是大詩人。

兩人鬧翻後再也不相來往，杜甫眼看這裡留不下去，便離開成都。不久傳來嚴武突然過世的消息，嚴武正當壯年，突然離世讓杜甫感到非常意外。

回顧兩人相交扶持，然後絕交分離，情景如同一幕幕影片。杜甫感慨萬千，也有多少茫然，沒有人知道杜甫此時真正的心情。隨著嚴武的死去，兩人的情誼、怨恨也如同冰雪消融，只留著無盡追思。

旅程中，杜甫對著蒼茫天地寫下這首詩：

細草微風岸，危檣獨夜舟。
星垂平野闊，月湧大江流。
名豈文章著，官應老病休。
飄飄何所似，天地一沙鷗。

〈旅夜書懷〉～杜甫

微風吹過江邊的小草，有著高高桅桿的小船，孤零零停泊在寂靜的夜裡。星星懸掛在天幕，無盡平野顯得更為遼闊，大江奔流不息的波浪上，載動著月光。

我成名難道是因為寫了很多文章？現在年老多病也該辭官了。

漂泊如自己像什麼呢？天地間的一隻孤零零的沙鷗。

然而沒有了名聲地位的羈絆，天地間孤獨的沙鷗不也是自由自在？

看我打退魔怪

獨在異鄉為異客，每逢佳節倍思親。
遙知兄弟登高處，遍插茱萸少一人。

〈九月九日憶山東兄弟〉～王維

少年桓景正傷心地哭著。由於瘟疫的關係，村子裡很多人染病過世，包括他的親人們。桓景非常難過，舉起袖子擦一擦眼淚，想起鄉人說這是因為「瘟魔」來作亂，所以大家才會染病，只要有人可以打敗瘟魔，就可以阻止瘟疫。

「我要去學法術、學武功，來打敗瘟魔。」他下定這個決心。花了一些時間，沿途詢問，一路尋找，終於在一座深山裡找到一位仙人。他告訴仙人，他來拜師的目的是要擊退瘟魔、解救百姓。仙人聽他這麼說，答應收他當徒弟，教他法術和武功。

桓景非常用功，每天都比別的同學晚睡又早起，不斷勤學苦練。老師覺得他很認真，有天他把桓景叫來，說：「這段時間你很認真學習，老師教的都有好好練習，很好。現在我將這把『降妖青龍劍』送給你。」

桓景接過劍來，老師又說：「九月九日的時候，瘟魔又會來到，你帶著這把劍回去除害。」

「謝謝老師！」桓景立即要去收拾行李，老師又說：「還有，差點忘了。這是茱萸（ㄓㄨ ㄩˊ）的葉子和菊花酒，你告訴家鄉的父老朋友，九月九日這一天，大家都插上茱萸葉、登到高處、喝菊花酒，這樣可以避掉災難。」

桓景帶著寶劍和老師交給他的茱萸葉、菊花酒，回到家鄉後，他告訴鄉人們老師交代的事。到了九月九日這天，眾人照著桓景的吩咐，攜家帶眷登到高處的山上，身上插著茱萸葉，喝著菊花酒。

桓景一個人留在村子中，果然不久後，黑嚕嚕的瘟魔像一陣風從村口吹進來，露出猙獰（ㄓㄥ ㄋㄧㄥˊ）❶可怕的樣子。

桓景舉起寶劍，二話不說衝向前去，「看招！瘟魔。」他叫著和瘟魔展開決鬥。

過不多時，瘟魔在他和寶劍的攻勢下，節節敗退。桓景繼續奮戰不懈（ㄒㄧㄝˋ），最終瘟魔逃走，大家也都因此安全了。

從此之後，九月九日當作為「重陽節」紀念，大家登高、配茱萸葉、喝菊花酒。而九九有「久久」的諧（ㄒㄧㄝˊ）音，有長命百歲的意思，所以又稱為「敬老節」。

❶猙獰：面貌凶惡的樣子。

王維這首詩是作客異鄉時，寫下懷念親人的感受：

篇首〈九月九日憶山東兄弟〉白話翻譯：

我獨自一人遠離家裡，來到異鄉，到了佳節時分就加倍思念親人。

今天是重陽節，家鄉兄弟們此時一定在登高，大家都插著茱萸，只是少了我一個人，大家也會想念我吧！

李白也寫過一首關於重陽節的詩：

九日龍山飲，黃花笑逐臣。
醉看風落帽，舞愛月留人。

〈九日龍山飲〉～李白

白話翻譯：

九九重陽節，我到龍山來飲酒，這裡開滿菊花，似乎在笑迎我這個被放逐的人。

我喝醉了酒，又歌又舞，看著帽子被風吹落，我也不在乎。你看，月亮都捨不得我離開，喜歡我的歌舞呢！

詩中的「落帽」來自於一個典故：

晉朝大將軍桓溫，在重陽節帶著官員們到龍山上賞菊花，宴會上眾人飲酒賦詩，十分快樂。這時大家都穿戴整齊。談笑之中，突然吹來一陣風，有一位賓客孟嘉的帽子被吹落，但是他自己完全沒有發覺，依然和旁人喝酒談話。

桓溫看到了，想要捉弄他。趁著孟嘉去上廁所時，桓溫叫人把孟嘉的帽子撿起來，還叫人寫了一篇文章取笑孟嘉，說他只顧著喝酒，連帽子掉了都不知道，太失禮。

孟嘉回到位子上後，發現大家都看著他，而且臉上都帶著不懷好意的笑容，桓溫把剛剛的文章給他看，他才知道被取笑了。孟嘉微微一笑，把帽子戴上，取來紙和筆，很快寫下一篇文章，為自己被風吹落帽子辯護，因為寫得很好，眾人讀後都非常讚嘆，說他反應很快、很灑脫，是了不起的才子。

小知識

後來我們形容才子名士的瀟灑儒雅、才思敏捷，就叫做「孟嘉落帽」，也成為許多文章、詩詞中的典故。

做菊花酒的菊花，在秋天盛開，因為不畏秋霜寒風，凋萎後也不會落盡花瓣，而是枯乾束成一團，象徵君子高潔的風骨，所以被稱為「花中君子」，成為許多詩人喜愛詠歎的對象。魏晉詩人陶淵明就特別愛菊花，他的這首詩很有名：

結廬在人境，而無車馬喧。
問君何能爾？心遠地自偏。
採菊東籬下，悠然見南山。

山氣日夕佳，飛鳥相與還。
此中有真意，欲辨已忘言。

〈飲酒〉其五～陶淵明（魏晉）

白話翻譯：

我的房屋蓋在人們聚居的地方，但是沒有喧鬧的客人車馬來往。要問我怎麼辦到的呢？我說，心靈上遠離俗世，自然像是住在無人的地方。

我在東邊的籬笆下採下菊花，抬頭看見南山，悠然的心情真是美好。夕陽光照射山裡升騰的雲霧，多麼繽紛美麗，而天上的飛鳥結伴準備返回巢中。

這樣的情景有著人生的真正意義，我想要說明清楚，一時之間，卻也不知道怎樣表達了。

王維也有一首很有名描寫秋天情景的詩：

空山新雨後，天氣晚來秋。
明月松間照，清泉石上流。
竹喧歸浣女，蓮動下漁舟。

隨意春芳歇，王孫自可留。

〈山居秋暝〉～王維

白話翻譯：

空曠的山中剛下過一場雨，夜色降臨後，氣溫下降，使人感受到秋天的寒氣。

月兒從松樹枝葉間灑下幽微的光亮，清清的泉水從山石上淙淙流過。

竹林中傳來喧鬧的聲音，原來是洗衣姑娘們歸來的嬉鬧，輕舟在水面上划過，水波蕩漾著蓮葉，上下起伏。

春天的花草已經消去了，從城裡來遊覽的年輕人還是可以留下，欣賞秋天山中的迷人景色。

過年過年，還要吃元宵

昨夜斗回北，今朝歲起東。
我年已強壯，無祿尚憂農。
桑野就耕父，荷鋤隨牧童。
田家占氣候，共說此年豐。

〈田家元日〉～孟浩然

大家都喜歡過新年，可以放長假，還有紅包可以拿。關於新年有許多傳說，像是放鞭炮趕年獸、發壓歲錢、貼春聯等等。據說貼春聯的習俗是這樣來的：

遠古遠古時代，在一座仙山上有一株很大很大的萬年古桃樹，枝幹樹根蜿蜒❶盤據廣達三千餘里。大樹的東邊有一個大樹洞，很多樹枝和樹根纏繞在旁，形成天然門戶，這個樹洞就是各種妖魔鬼怪進出的地方，稱作「鬼怪之門」。

傍晚太陽下山後，鬼怪們從這裡出去；到第二天清晨，大桃樹上的金雞啼叫時，他們必須趕回來，經過樹洞回到山裡面。

這個鬼門兩旁有兩個負責看守的神將，他們分別叫做神荼、鬱壘，是兩兄弟。據說是奉黃帝的命令在這裡監視鬼怪，如果有鬼怪做了壞事，兩兄弟就會把做壞事的鬼怪用繩子綁起來，讓鬼怪無法掙扎，然後丟給老虎

❶蜿蜒：蛇類行走的樣子，引伸為曲折延伸的樣子。

吃掉，所以所有的鬼怪都很懼怕神荼和鬱壘。

後來人們就根據這個傳說，把桃木板掛在自家的門口，當作是避邪擋怪的吉祥物；也會在桃木板上畫上神荼和鬱壘的畫像，當作門神一樣。演變到後來，開始在紅紙上寫吉祥話，每年新春貼在門邊上，也就是我們現在熟知的「春聯」了。（典出《燕京歲時記》）

春聯便是這樣演變過

來，所以每年要換一副新的春聯，表示新年新氣象。

篇首〈田家元日〉白話翻譯：

昨天晚上北斗七星的斗柄從北方開始轉向，今天早上新春開始轉向東方（因為地球公轉的關係）。

而我也已經四十歲了，雖然沒有擔任官職，仍然掛心農事。

我在種滿桑樹的田野裡和耕作的農夫聊聊天，扛著鋤頭和牧童一起回家。

農夫們今年的占卜推測，都說這一年會是大豐收。真是太好了！

詩人小傳

孟浩然（六八九年—七四〇年），盛唐詩人。與李白交好，終生隱居著（ㄓㄨˋ）詩，擅長寫田園生活，與王維歸爲山水田園詩人，合稱爲「王孟」。

宋朝王安石有一首詩寫到新年的傳統習俗：

爆竹聲中一歲除，春風送暖入屠蘇。
千門萬戶曈曈日，總把新桃換舊符。

〈元日〉～王安石（宋）

白話翻譯：

在響亮的爆竹聲中送走了舊歲，迎來新的一年。春天來臨，和煦的春風吹入人們手中的屠蘇酒。

明媚的陽光照耀著千門萬戶，家家戶戶都在初一新春這天取下舊春聯，換上新春聯。

小知識

屠蘇是一種草名，這裡指一種藥酒，古時在農曆正月初一飲用。而「桃符」則是春聯最早的名稱。

春節中除了過新年，還有一個重要的節日就是「元宵節」。元宵節據傳是從漢朝開始。

漢武帝時有個叫東方朔的臣子，他講話很滑稽（ㄏㄨㄚˊ ㄐㄧ）有趣，用現代的話說就是很會搞笑。相傳有一個下雪的冬日，東方朔在御花園看到一個宮女蹲在角落，肩膀抽動著，他走進仔細一瞧，這宮女正哭得淚流滿面。

東方朔連忙問她，「你怎麼啦？快過年了，你怎麼一個人在這裡哭泣呢？」

「嗚嗚……，我覺得好傷心，不想活了……。」這宮女一邊說一邊哭著。

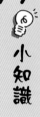

「到底發生什麼事？你跟我說說，也許我可以幫上你的忙。」東方朔說。

「我叫做元宵，自從進宮以後已經好幾年都沒有回過家。我家裡還有父母和妹妹，我很想念他們，但是我沒辦法出宮去看他們。」說著，她又哭起來。

古代皇宮的規矩，宮女入宮後可能一輩子都不能離開。東方朔對她的遭遇感到很同情，就說：「這樣吧！我幫你想想辦法，你先別哭了。」

東方朔腦筋一動，開始透過各種方法在街上散布消息說：「火神即將發怒，正（ㄓㄥ）月十五的晚上，火神會派使者下凡，起火燒長安城。」

消息傳開之後，連皇帝也著急了，找來懂天文地理的臣子，問：「你們說該怎麼辦？」

因為是自己的主意，東方朔趕緊站出來說：「我聽說火神最喜歡吃湯圓，請皇上下令家家戶戶準備湯圓供奉火神君，然後在十五的晚上掛上花燈，施放煙火，這樣看起來好像全城都燃燒起來，大火的預言也可以應

驗，可以瞞過上天。而且讓鄉下的老百姓在這天晚上都可以進城觀賞，人一多就熱鬧，自然可以消除災難。」而元宵姑娘最會的就是做湯圓。

皇帝聽後，說：「好，那就這樣試試看吧！」

一番準備之後，正月十五日晚上停止宵禁（宵禁指晚上禁止外出），城裡處處掛滿燈籠，人們紛紛上街賞燈看煙火，非常熱鬧，大家都很開心。

宮女元宵的一家人也進城賞燈，而且在皇宮城樓下看見上方的燈籠寫著「元宵」，也認出燈籠旁的宮女元宵，終於一家人藉著燈會得以相聚了。雖然隔著宮樓，他們還是非常開心，欣慰的眼淚都禁不住流下來。吃湯圓也從此又叫「吃元宵」。

元宵節由來的傳說有很多種，這個宮女元宵姑娘的故事，是其中最有意思、最可愛的一個。既有東方朔的聰明機智，又有助人團圓的善意，還有熱鬧歡慶的節日感。

關於元宵節的詩詞很多，崔液的這一首詩很能表現節日時的情景：

玉漏銀壺且莫催，鐵關金鎖徹明開。
誰家見月能閒坐？何處聞燈不看來？

〈上元夜〉其一～崔液

白話翻譯：

今天正月十五晚上沒有宵禁，城門不關閉上鎖，全城徹夜開放，所以歡慶的人們不必擔心計時的玉漏和銀壺催促腳步。

城裡處處有花燈可賞，誰還會坐在家裡看月亮，不上街熱鬧熱鬧呢？

鳳凰起火了！

昨夜星辰昨夜風，畫樓西畔桂堂東。
身無彩鳳雙飛翼，心有靈犀一點通。
隔座送鉤春酒暖，分曹射覆蠟燈紅。
嗟餘聽鼓應官去，走馬蘭臺類轉蓬。

〈無題〉～李商隱

《安徒生童話》裡有一個故事，說的是在阿拉伯有一種神鳥，叫做「鳳凰」，牠是天堂裡第一朵玫瑰生出來的。

鳳凰的羽毛顏色又多又漂亮。牠飛得很快，像閃電一樣，而且牠的歌聲很美妙，沒有其他鳥兒比得上。

人們經常在天空中看見鳳凰飛翔，也常常聽到牠悅耳的歌聲。有一天鳳凰飛到一戶人家裡，這家人剛剛誕生一個小寶寶，小寶寶正躺在搖籃裡甜蜜睡著。

鳳凰飛到小寶寶的搖籃邊，看著這個小寶寶睡得如此安詳，然後牠拍起翅膀，在小寶寶的頭上快速轉圈圈，看起來就好像小寶寶頭上出現一個光圈，整個屋子還散發出紫羅蘭的花香味。

這個小寶寶從他會走路開始，常常到樹林裡找鳳凰，鳳凰會站在低矮的樹枝上聽他說話，也會唱歌給他聽，還會啣（ㄒㄧㄢˊ）來果實給小男孩吃。他們成為很要好的朋友。

但是鳳凰不僅僅生活在阿拉伯，牠還會飛到世界各地。牠會飛過北極光中的冰凍原野，牠會飛過開滿黃花的法國山坡，牠會飛過夕照中的德國城堡。牠會站在荷花葉上，順著印度恆河的水流下；牠還會用紅色的嘴在冰島的豎琴上彈奏。

所以小男孩也不能每天見到鳳凰。這一次鳳凰隔了很久才回來，而且回來後一直待在自己的巢中。

小男孩擔心地問：「鳳凰、鳳凰，你怎麼了？怎麼都不飛出來，也不用美妙的歌喉唱歌？」

「我老了，我累了……。」鳳凰聲音很虛弱。

「不不不，你一點也不老。」小男孩說。

「我已經一百歲了。我的羽毛不再亮麗，還不斷掉落；我再也唱不出好聽的歌；我快要死了……。」

「不，你不會死的。請你不要離開我！」小男孩忍不住掉下眼淚。

「不用傷心，我會再回來的……。」鳳凰看著小男孩，然後抬起頭，向著天空「呱呱」叫了幾聲，牠的巢中突然「嗶」的一聲爆出火花，鳳凰的身體也跟著燃燒起來。

小男孩不敢相信自己的眼睛，他的好朋友竟然在面前起火燃燒！過了好一會兒，火勢逐漸熄滅。小男孩走近一看，在燃燒過後的灰燼中有一顆紅色的東西。

「是一顆蛋！」小男孩說。

這顆蛋「劈啪」一聲現出裂痕，跟著從中間誕生一隻小神鳥。

小男孩盯著這隻剛出生、羽毛都還沒長齊、樣子有點古怪的小神鳥，驚訝地問：「是你嗎？鳳凰？你身上沒有毛耶！」

「嗨！是我，我又回來囉！我從火焰中重生了。」小鳳凰用一種剛出生嬌嫩的聲音說。

「太棒了！你回來了。」小男孩又意外又感動，滴下了眼淚。

小知識

傳說鳳凰每一百年都要從火中重生一次，所以在國外稱鳳凰為「不死鳥」。我們也以「浴火鳳凰」比喻經歷重大困難，然後重生變得更好的意思。

篇首〈無題〉白話翻譯：

昨天晚上，滿天星光，涼風習習；在畫樓西畔、桂堂東邊這裡，我們相聚宴會。

雖然身上沒有鳳凰的美麗翅膀，不能一起飛翔，但是我們的心卻好像靈異的犀牛那般，可以情意互通。

宴會上，我們玩遊戲，隔著座位傳送玉鉤，誰拿到就要吟詩。在燒紅的燭光中，分組猜著被蓋住的東西（分曹射覆），多麼開心快樂。

可惜好像才一下子，上班時間就到了，我要去祕書省（蘭臺）上班，急忙要離開，像被風吹走的蓬草一樣，不禁嘆了一口氣。

離別的時候總是很感傷，尤其是好朋友的離開，更令人捨不得。古代交通不便利，也沒有網路、手機，分別之後要再相見可能很困難，也可能要等很久很久，所以他們對於離別更加有捨不得的情緒，也留下許多送別的詩，例如：

渭城朝雨浥輕塵，客舍青青柳色新。
勸君更盡一杯酒，西出陽關無故人。

〈送元二使安西〉～王維

白話翻譯：

早晨的渭城下了一場春雨，沾濕了地上的輕塵；旅店前柳樹抽發新芽，一片青青鮮綠。

請您再多喝一杯酒吧！向西出了陽關就沒有像我這樣的老朋友了。

青山橫北郭，白水繞東城。
此地一為別，孤蓬萬里征。
浮雲遊子意，落日故人情。

揮手自茲去，蕭蕭班馬鳴。

〈送友人〉～李白

白話翻譯：

城的北邊有青山橫臥，大河圍繞城的東邊流過，河上的白波不停流動。在這裡我們即將離別。你要遠行，就像孤獨的蓬草要被風吹到萬里之外。你就像天上的浮雲，飄盪不定。眼前的夕陽不忍心落下，如同我對你依依不捨的感情。

揮一揮手，我們在這裡告別吧！離去後，遠遠傳來你騎的那匹馬的叫聲，我在心裡祝福你。

我的詩，李白也比不上

昔人已乘黃鶴去，此地空餘黃鶴樓。
黃鶴一去不復返，白雲千載空悠悠。
晴川歷歷漢陽樹，芳草萋萋鸚鵡洲。
日暮鄉關何處是？煙波江上使人愁。

〈黃鶴樓〉～崔顥

黃鶴樓的由來有一些神奇的傳說故事。

話說一天，有一位身材高大、穿得破破爛爛的人走進酒店來，直接開口問：「老闆，可以給我一杯酒喝嗎？」

老闆看著他，微愣（ㄌㄥˋ）了一下，發現這個人雖然一副落魄的樣子，但是神色從容自然，於是笑了一笑，請他坐下來，奉上一大杯酒。

從此以後，這個人每天都來，老闆也不以為意，每天請他喝酒，從來沒有不悅的神色。這樣過了半年，這人告訴老闆，「半年來老闆你每天請我喝酒，酒錢也不少，我沒有辦法還你。」

老闆說：「不用了，就當我招待你。人生有起有落，先生不必在意。」

「老闆你真是一位慷（ㄎㄤ）慨（ㄎㄞˇ）大方的人，我想報答你的善心好意。」說著，這人從籃子裡拿出橘子，剝下皮，用橘子皮在牆上畫了一隻鶴。簡單幾筆的黃色橘子皮汁液，卻將鶴的神韻都表現出來。

只見這人放下橘子皮，開始唱歌，一邊拍手打著節拍。沒想到牆上的

黃鶴居然「活了過來」，跟著歌聲節奏跳起舞來。揮動翅膀，踏著腳、轉著圈，舞姿十分美妙。眾人都看呆了，這也未免太神奇了！

一傳十，十傳百，吸引越來越多人來看黃鶴跳舞，如此過了十年，老闆也因為這樣賺了很多錢。

有一天這位客人又飄飄然來到店裡，老闆過去恭敬的對他說：「我要謝謝您，您的黃鶴讓我的酒店生意大好，我希望可以供養您。」

這人笑一笑說：「我哪裡是為了你的供養來的呢？我只是要答謝你每天請我喝酒的恩惠。好了，今天我該走了。」

說完，他取出笛子吹了幾首曲子，在笛聲中只見天上降下一朵朵白雲，牆上的黃鶴隨著白雲飛了出來，他便一腳跨上黃鶴，在白雲圍繞下翩（ㄆㄧㄢ）翩飛起，然後在眾人的驚呼聲中直上天去了，慢慢地不見蹤跡。

「這是神仙啊！」大家驚嘆著。後來老闆為了感謝及紀念這位仙人，在這個地方重新蓋了一棟酒樓，名為「黃鶴樓」。

許多年後，崔顥來到黃鶴樓，在樓上有感而發寫下這首詩：

篇首〈黃鶴樓〉白話翻譯：

以前的仙人跨上黃鶴飛走了，這裡只留下黃鶴樓來紀念。

黃鶴飛去再也沒有回來，千百年來只看見白雲悠悠。

漢陽江邊的樹木，在陽光照耀下清晰可見，不遠處的鸚鵡洲上被一片碧綠的芳草覆蓋著。

這時天色向晚，眺望遠方，我的故鄉在哪裡呢？只見江面上一片煙霧籠來，帶給我深深的鄉愁。

詩人小傳

崔顥（？—七五四年），盛唐詩人。崔顥早年頗具才名，與王維並稱。後來從軍邊塞，詩風轉變，開始寫作以軍旅生活和塞外風光爲主題的詩歌。

故事中的故事

黃鶴樓有神話故事，又是處於交通重要位置，除了是遊覽勝地，更是文人心中一生必遊的殿堂，樓上有許多的詩留念。

李白也很喜歡黃鶴樓，他曾經寫下：

故人西辭黃鶴樓，煙花三月下揚州。
孤帆遠影碧山盡，唯見長江天際流。

〈送孟浩然之廣陵〉～李白

白話翻譯：

我的老朋友孟浩然在黃鶴樓向我辭別，在這柳絮紛飛如煙、繁花盛開的三月，乘船東下揚州。

看著老友的船隻漸漸遠去，逐漸消失在青山的另一頭，眼前只剩長江浩浩蕩蕩向著天邊奔流。

據說李白當初來到黃鶴樓，也想留下一首詩當作「到此一遊」，一路看到樓上，覺得這些詩也沒寫得多厲害，正想大筆一揮，留下自己的大作，突然眼簾映入崔顥的這首〈黃鶴樓〉，當場大嘆，「眼前有景道不得，崔顥題詩在上頭。」崔顥實在寫得太好了，我沒辦法再寫。李白覺得很悶，氣得想「一拳搥碎黃鶴樓，一腳踢翻鸚鵡洲。」

來到有名的黃鶴樓，面對美景，卻沒辦法寫出比崔顥更好的詠嘆，這件事就這麼擱在李白的心裡，想著有一天一定要寫首詩較量較量。

這天李白來到鳳凰臺，靈光一現。這鳳凰臺也有傳說故事，也有登高望遠的美景。傳說曾有三隻鳳凰徘徊在此處山中，所以才興建鳳凰臺，供遊客懷想並且觀賞山水。

李白想了一想，寫下：

鳳凰臺上鳳凰遊，鳳去臺空江自流。
吳宮花草埋幽徑，晉代衣冠成古丘。

三山半落青天外，二水中分白鷺洲。
總為浮雲能蔽日，長安不見使人愁。

〈登金陵鳳凰臺〉～李白

白話翻譯：

以前曾經有鳳凰鳥來到鳳凰臺上，如今鳳凰早已經飛走，只留下這座空臺，臺下的江水仍自東流不息。

想起當年華麗的吳王宮殿，早已經埋沒在荒涼幽僻的小徑花草中，而晉代赫赫有名的達官顯貴們，如今也只成為古墳中的黃土。

站在鳳凰臺上，遠處的三山在青天外半隱半現，河上的白鷺洲將水道分隔開來。

天上的浮雲隨風飄蕩，時而遮蔽住太陽。看不見長安城，使我不禁感到憂愁。

詩寫成後，李白可高興了。你看崔顥〈黃鶴樓〉詩裡前三句出現三次「黃鶴」，我的詩前兩句就出現了三次「鳳」、兩次「凰」；鳳是公鳥，凰是母鳥。他的詩加上「鸚鵡」，總共出現四隻鳥；我的加上白鷺，跟他比還多了兩隻鳥。而且鳳凰是最有名的名鳥，比起黃鶴更高檔啊！

「哈哈哈！這次我贏了吧？」李白很得意。

李白是不是太幼稚？而

且如果要比較的話，除了鳥的數量，兩首詩中還有數字出現。崔顥的「黃鶴一去不復返，白雲千載空悠悠。」加起來是一千零一；李白的「三山半落青天外，二水中分白鷺洲。」加起來可只有五而已。好啦！不管怎麼樣，我們因此多讀到一首好詩，李白高興就好。

Note

國家圖書館出版品預行編目資料

一起開口讀唐詩——36個唐詩故事，為小學生閱讀養加分(下)／齊格飛著. ——初版.——臺北市：五南圖書出版股份有限公司, 2023.05
冊； 公分
ISBN 978-626-343-134-8 (平裝)

831.4 111011843

ZX1R 悅讀中文

一起開口讀唐詩

36個唐詩故事，爲小學生閱讀養加分(下)

作　　者 — 齊格飛
錄音、選詩 — 張永霓
發 行 人 — 楊榮川
總 經 理 — 楊士清
總 編 輯 — 楊秀麗
副總編輯 — 黃惠娟
責任編輯 — 陳巧慈
封面設計 — 韓衣非
插　　畫 — 陳柏宇
出 版 者 — 五南圖書出版股份有限公司
地　　址：106台北市大安區和平東路二段339號4樓
電　　話：(02)2705-5066　　傳　　真：(02)2706-6100
網　　址：https://www.wunan.com.tw
電子郵件：wunan@wunan.com.tw
劃撥帳號：01068953
戶　　名：五南圖書出版股份有限公司

法律顧問　林勝安律師

出版日期　2023年5月初版一刷
定　　價　新臺幣350元